Die Mitschuldigen

Johann Wolfgang Goethe

Edition : Culturea (Hérault, 34)
Contact : infos@culturea.fr
Retrouvez notre catalogue sur http://culturea.fr
Imprimé en Allemagne par Books on Demand
Design typographique : Derek Murphy
Layout : Reedsy (https://reedsy.com/)
ISBN : 9791041946068
Dépôt légal : Mars 2023

Ein Lustspiel in einem Akte

Erste Fassung

Personen.

Alcest

Sophie

Söller

Der Wirt

Erster Auftritt

Das Theater ist geteilt, der Hauptteil stellt das Zimmer Alcests, der kleinere einen Alkoven vor.

SÖLLER *in einem Domino, den Hut auf, die Maske vorm Gesicht, ohne Schuhe, kömmt ganz leise zu einer Seitentüre herein, leuchtet vorsichtig mit einer Blendlaterne umher; da er sieht, daß alles still ist, kömmt er mit leisen Schritten hervor ans Theater, tut die Maske und den Hut ab und wischt sich das Gesicht.*

Zum Leben braucht's nicht just, daß man so tapfer ist,
Man kömmt auch durch die Welt mit Schleichen und mit List.
Der eine geht euch hin, bewaffnet mit Pistolen,
Sich einen Sack voll Geld, vielleicht den Tod zu holen.
Und ruft: »Den Beutel her! Her! ohn euch viel zu sperrn!«
Mit so gelaßnem Blut, als spräch er: Prost, ihr Herrn!
Ein andrer zieht herum, mit zauberischen Händen
Und Volten, wie der Blitz, die Uhren zu entwenden;
Und wenn ihr's haben wollt, er sagt euch ins Gesicht:
»Ich stehle! Gebt wohl acht!« Er stiehlt; ihr seht es nicht.
Mich machte die Natur nun freilich viel geringer,
Ein allzu leichtes Herz und gar zu plumpe Finger
Gab mir die Stiefmama; das ist nun sehr betrübt
Für einen, der nichts hat und der doch alles liebt.
Verstünd ich mich nicht drauf, ein bißchen aufzupassen

Und die Gelegenheit beim Kragen anzufassen,
Der Durst verjagte mich von Wirtschaft, Frau und Haus.

Er gebt herum und sucht.

Ich kann so sachte gehn, vor mir läuft keine Maus.
Mein Schwiegervater meint, ich sei die Nacht zum Balle,
Das glaubt auch meine Frau, und ich betrüg sie alle.

Er findet die Schatulle auf dem Tisch und zieht Schlüssel aus der Tasche.

Habt Dank, ihr Dietriche! Ihr helft mir durch die Welt!
Durch euch erlang ich ihn, den großen Dietrich, Geld!

Indem er aufschließt.

Wie ist nicht alles still! Alcest ist nicht zu Hause;
Er schmaust, da ich ihm hier die schönen Taler schmause.

Die Schatulle geht auf.

Brav! Schön gemünzt! So viel! O das ist eine Lust!
Die Tasche schwillt von Geld, von Freuden meine Brust.
Wenn es nicht Angst ist.

Er horcht.

Still! Nein! Pfui, ihr feigen Glieder,
Was zittert ihr!

Er fährt zusammen.

Horch! Nichts!

Er macht die Schatulle zu.

Genug! Nun gut!

Er will gehn, erschrickt und steht still.

Schon wieder?
Es geht was auf dem Gang. Es geht doch sonst nicht um.
Der Teufel hat vielleicht sein Spiel; das Spiel wär dumm.
Ist's eine Katze? Nein, das geht nicht wie ein Kater.
Geschwind, es dreht am Schloß.

Er springt in den Alkoven und sieht durch die Vorhänge.

Behüt! mein Schwiegervater!

Zweiter Auftritt

Der Wirt kömmt im Schlafrock, der Nachtmütze und Pantoffeln mit einem Wachsstock furchtsam zur Nebentüre herein.
Söller im Alkoven, horchend.

DER WIRT.

Es ist ein närrisch Ding um ein empfindlich Blut!
Es klopft, wenn man auch nur halbweg was Böses tut.
Dächt ich nicht aus dem Brief was Wichtiges zu holen!
Er steckt' ihn eilig ein. Er kam gewiß aus Polen.
Den, der was Neues liebt, plagt jeder Aufenthalt.
Das Neuste, das man hört, ist immer monatsalt.
In Strümpfen, wie ich bin, ritt ich wahrhaftig weiter
Als bis zum Tartar Cham, eh der verdammte Reuter
Von Altona hierher mit seinem Pferde kriecht,
Und wenn man's recht besieht, noch gar sein Stückchen lügt.

Er sucht überall.

Ich find ihn nicht, den Brief. Er kriegt' ihn doch gewißlich.
Vielleicht nahm er ihn mit! Das wäre mir verdrüßlich.

Er sucht.

SÖLLER *im Alkoven.*

Du guter alter Narr! Ich seh wohl, es hat dich
Der Diebs- und Zeitungsgott nicht halb so lieb wie mich.

DER WIRT.

Ich find ihn nicht.

Er erschrickt.

O Weh! Hör ich auch recht? Daneben
Im Zimmer

Er horcht.

SÖLLER *erschrocken.*

Riecht er mich vielleicht?

DER WIRT.

Es knistert, eben
Als wär's ein Weiberschuh!

SÖLLER *getrost.*

Schuh! Nein, das bin ich nicht.

DER WIRT *blast den Wachsstock aus.*

Aus! Bleibe, wer da will! Geh auf!

Er kann das Schloß in der Eile nicht aufmachen und läßt darüber den Wachsstock fallen; endlich stößt er die Türe auf und läuft fort.

Dritter Auftritt

Sophie mit einem Lichte, kömmt zur Haupttüre herein.
Söller im Alkoven.

SÖLLER *erstaunt.*

Ein Weibsgesicht!
Fast so wie meine Frau. Ich hoffe nicht.

SOPHIE *setzt das Licht auf den Tisch und kömmt hervor.*

Ich bebe
Bei dem verwegnen Schritt.

SÖLLER *mit Karikatur.*

Sie ist's! so wahr ich lebe.
Adieu, du armer Kopf! Allein, gesetztenfalls,
Ich zeigte mich! Und dann! Ja, dann adieu mein Hals.

SOPHIE.

Ja, folgt der Liebe nur; mit freundlichen Gebärden
Lockt sie euch anfangs nach.

SÖLLER *wie oben.*

Ich möchte rasend werden!
Und darf nicht.

SOPHIE.

Doch wenn ihr einmal den Weg verliert,
So führt kein Irrlicht euch so schlimm, als sie euch führt.

SÖLLER.

Gar recht, dir wär ein Sumpf gesünder als das Zimmer.

SOPHIE.

Bisher ging's ziemlich schlimm, doch es wird täglich schlimmer.
Mein Mann macht's bald zu toll. Bisher gab's wohl Verdruß;
Doch jetzt treibt er's, daß ich ihn gar verachten muß.

SÖLLER.

O Hexe!

SOPHIE.

Meine Hand hat er, Alcest inzwischen
Besitzt, wie sonst, mein Herz.

SÖLLER.

Zu zaubern, Gift zu mischen
Ist nicht so schlimm.

SOPHIE.

Das Herz, das er zuerst entflammt,
Das erst durch ihn gefühlt, was Liebe sei.

SÖLLER.

Verdammt.

SOPHIE.

Kalt, spröde war dies Herz, eh es Alcest erweichte.

SÖLLER.

Ihr Männer! stündet ihr nur all einmal so Beichte!

SOPHIE.

Wie glücklich war ich sonst!

SÖLLER.

Sonst! Nun, das ist vorbei!

SOPHIE.

Wie liebte mich Alcest.

SÖLLER.

Pah! Das war Kinderei!

SOPHIE.

Das Schicksal trennt' uns bald, und, ach, für meine Sünden
Mußt ich mich, welch ein Muß! mit einem Vieh verbinden.

SÖLLER.

Ich, Vieh? Jawohl ein Vieh, von dem gehörnten Vieh!

SOPHIE.

Was seh ich!

SÖLLER.

Was Madam?

SOPHIE.

Des Vaters Wachsstock! Wie
Kam der hierher? Vielleicht! Da werd ich fliehen müssen.
Vielleicht belauscht er uns.

SÖLLER.

Oh! setz ihr zu, Gewissen!

SOPHIE.

Nur das begreif ich nicht, wie er ihn hier verlor.

SÖLLER.

Sie scheut den Vater nicht; mal ihr den Teufel vor.

SOPHIE.

Ach nein, das ganze Haus liegt ja in tiefem Schlafe.

SÖLLER.

Die Lust ist mächtiger als alle Furcht der Strafe.

SOPHIE.

Mein Vater kann nicht wohl. Wer weiß, wie es geschah!
Es mag drum sein.

SÖLLER.

O weh!

SOPHIE.

Alcest ist noch nicht da?

SÖLLER.

O dürft ich sie!

SOPHIE.

Mein Herz schwimmt noch in seltnem Zweifel,
Ich hoff und fürcht ihn doch.

SÖLLER.

Ich fürcht ihn wie den Teufel.
Und mehr noch. Käm er nur, der Prinz der Unterwelt,
Ich bät ihn: Hol mir sie! Da hast du all das Geld!

SOPHIE.

Du bist zu zärtlich, Herz. Was ist denn dein Verbrechen?
Versprachst du, treu zu sein? Und konntest du's versprechen?
Dem Menschen treu zu sein, an dem kein gutes Haar,
Der unverständig, grob, falsch!

SÖLLER.

Das bin ich!

SOPHIE.

Fürwahr!
Wenn so ein Scheusal nicht den Abscheu gnug entschuldigt,
So lob ich mir das Land, wo man dem Teufel huldigt.
Er ist ein Teufel!

SÖLLER *ergrimmt.*

Was! Ein Teufel, Scheusal, ich!
Ich halt's nicht länger aus!

Er will herausbrechen, und da er Alcesten erblickt, fährt er zurücke.

Vierter Auftritt

Sophie. Söller im Alkoven. Alcest.

ALCEST.

Du wartest schon auf mich.

SOPHIE.

Dir wart ich immer gern.

ALCEST.

Du zitterst?

SOPHIE.

Die Gefahren
Von hier und dort.

Sie deutet auf Alcesten und auf die Türe.

SÖLLER.

Du, dir! Das sind Präliminaren.

SOPHIE.

Du weißt es, was mein Herz um deinetwillen litt.
Du kennst dies ganze Herz! Verzeih ihm diesen Schritt.

ALCEST *mit Nachdruck.*

Sophie!

SOPHIE.

Verzeihst du ihn, so fühl ich keine Reue.

SÖLLER.

Ja! frage mich einmal, ob ich dir ihn verzeihe.

SOPHIE.

Warum kam ich hierher? Gewiß, ich weiß es kaum.

SÖLLER.

Ich weiß es nur zu wohl!

SOPHIE.

Es ist mir wie ein Traum.

SÖLLER.

Ich wollt, ich träumte!

SOPHIE.

Sieh, ein ganzes Herz voll Plagen
Bring ich zu dir.

ALCEST.

Der Schmerz vermindert sich im Klagen.

SOPHIE.

Ein sympathetisch Herz wie deines fand ich nie!

SÖLLER.

Wenn ihr zusammen gähnt, das nennt ihr Sympathie.
Fürtrefflich.

SOPHIE.

Mußt ich nur dich so vollkommen finden,
Um mit dem Gegensatz von dir mich zu verbinden.
Ich hab ein Herz, das nicht tot für die Tugend ist.

ALCEST.

Ich kenn's.

SÖLLER.

Jaja, ich auch!

SOPHIE.

So liebenswert du bist,
Alcest, ich würde nie aus meinen Schranken weichen,
Wär Söller nicht ein Mann, um mich herauszuscheuchen.

SÖLLER.

Sie lügt! Ein Mann von Stroh wär ich! Da seht ihr mich,
Ihr Herren, hat er denn so Waden stehn wie ich?

SOPHIE.

Ich dachte, da die Not mich zwang, dich zu verlassen,
Ihn zu ertragen.

SÖLLER.

Schön!

SOPHIE.

Allein, ich muß ihn hassen.

SÖLLER.

Noch schöner!

ALCEST.

Du verdienst kein so unglücklich Band.

SOPHIE.

Dumm ohn ein gutes Herz und boshaft ohn Verstand.
Zum Schelmen viel zu feig, zu schlimm, um treu zu denken,
Beschäftigt sich sein Kopf mit ungeschliffnen Ränken,
Verleumdet, lügt, betrügt.

SÖLLER.

Ich seh, sie sammelt schon
Die Personalien zu meinem Leichsermon.

SOPHIE.

Mit ihm zu leben! Denk, wie sehr das mich betrübte
Hofft ich nicht

SÖLLER.

Nur heraus!

SOPHIE.

Daß mich Alcest noch liebte.

ALCEST.

Er liebt, er klagt wie du.

SOPHIE.

Das lindert meine Pein,
Von einem wenigstens, von dir beklagt zu sein.

Sie faßt ihn bei der Hand.

Alcest, bei dieser Hand, der teuern Hand, beschwöre
Ich dich, behalte mir dein Herz gewogen.

SÖLLER.

Höre!
Wie schön sie tut.

SOPHIE *zärtlich.*

Dies Herz, das nur für dich empfand,
Kennt keinen andern Trost als den von deiner Hand.

ALCEST *kläglich.*

Ich kenne für dein Herz kein Mittel.

SÖLLER.

Desto schlimmer!
Schlägt's nicht am Herzen an, so sieht das Frauenzimmer
Gern, daß man sonst kuriert.

SOPHIE *die sich auf Alcestens Arm lehnt.*

Mein Freund!

SÖLLER *beängstigt.*

Bald geht's zu weit.

Zum Parterre.

Es ist mein großes Glück, daß ihr da unten seid;
Da schämen sie sich noch.

Alcest umarmt Sophien.

Nein! Er wird zu verwegen!
Ich führ ihm gern an Kopf, hätt er nur keinen Degen.

SOPHIE *ängstlich.*

Grausamer, laß mich gehn.

SÖLLER *außer sich.*

Verflucht, wie sie sich ziert!

Sie nachmachend.

Grausamer! laß mich gehn! Das ist kapituliert.
Pfui! Schämen sie sich doch! Die abgedroschne Leier,
Wenn's schon bergunter geht! Wer gibt mir einen Dreier
Für ihre Tugend?

SOPHIE.

Freund, noch diesen letzten Kuß
Und dann leb wohl!

ALCEST.

Du gehst!

SOPHIE.

Ich gehe, weil ich muß.

ALCEST.

Du liebst mich, und du gehst!

SOPHIE.

Ich geh, weil ich dich liebe.
Ich würde einen Freund verlieren, wenn ich bliebe.
Es strömt der Klagen Lauf am liebsten in der Nacht,
An einem sichern Ort, wo nichts uns zittern macht.
Man wird vertraulicher, je ruhiger man klaget.
Allein für mein Geschlecht ist es zuviel gewaget.
Die Liebe nennet sich zuerst Vertraulichkeit.
Ein schmerzerweichtes Herz, in dieser sichern Zeit,
Versagt dem Freunde nicht den Mund zu Freundschaftsküssen
Ein Freund ist auch ein Mensch.

SÖLLER.

Sie scheint es gut zu wissen.

SOPHIE.

Leb wohl!

ALCEST.

Vergiß es nie, daß ich der Deine sei!

SÖLLER *erholt.*

Das Ungewitter zieht mir nah am Kopf vorbei.

Sophie geht, Alcest begleitet sie zur Haupttüre hinaus.

Fünfter Auftritt

SÖLLER *im Alkoven.*

O Tod! Er geht mit ihr! Weh mir! ich bin verloren.
Heraus aus deinem Nest.

Er wagt sich halb aus dem Alkoven und horcht.

Ich bin auf beiden Ohren
Entweder würklich taub. Sie ist doch noch nicht fort!
Und dennoch rührt sich nichts; ich höre nicht ein Wort.
Wie wär es, wenn ich mich ein bißchen näher machte?

Er wagt sich ganz leise an die große Türe.

Sie reden noch! Ganz leis. Zum Henker!

Er meint, es käme jemand, und fährt wie Blitz in Alkoven.

Sachte! Sachte!
Es kömmt kein Mensch.

Er will wieder heraus.

Versuch's!

Er traut nicht.

Das ist zuviel gewagt.

In der äußersten Karikatur von Verlegenheit.

Was fang ich an! Ich bin ein Hahnrei!

Er rennt mit dem Kopfe wider die Wand.

Ah! es ragt
An meiner Stirne schon das Zeichen meiner Würde
Hervor! Was ist zu tun?

Er schlägt auf die Tasche.

Komm, meine teure Bürde,
Komm, rette dich mit mir, und leite mich zum Wein.
Solang man trinken kann, kann man noch glücklich sein.
Der wohlgekrönte Stand ist keiner von den bös'ten;
Als Hahnrei kann man sich eh als am Galgen trösten.

Eilig durch die Nebentüre fort.

Sechster Auftritt

ALCEST.

Ihr großen Geister sagt, daß keine Tugend sei;
Daß Liebe Wollust ist und Freundschaft Heuchelei.
Daß man kein einzig Herz, das widerstünde, findet;
Daß nur Gelegenheit die Tugend überwindet;
Daß es, wenn man in uns das Laster je vermißt,
Beim Jüngling Blödigkeit und Furcht beim Mädchen ist.
Es zittert, spottet ihr, die unerfahrne Jugend!
Doch ist dies Zittern nicht selbst ein Gefühl von Tugend?
Ist diese Sympathie, dies zärtliche Gefühl,
Dem niemand sich entzieht, nichts als ein Fibernspiel?
Wie süß verträumt ich nicht die jugendlichen Stunden
Einst in Sophiens Arm. Ich hatte nichts empfunden,
Bis mir der Druck der Hand, ihr Blick, ihr Kuß entdeckt,
Wie's einem Neuling ist, wenn er die Wollust schmeckt.
Uns führte keine Wahl, nicht die Vernunft zusammen;
Wir sahn einander an und stunden schon in Flammen.
Bist du der Liebe wert? ward da nicht lang gefragt,
Es war erst halb gefühlt und war schon ganz gesagt.
Wir lebten lange so die süßen Augenblicke.
Zuletzt verließ sie mich. Ich fluchte dem Geschicke;
Und schwur, daß Freundschaft, Lieb und Zärtlichkeit und Treu
Der Maskeradenputz verkappter Laster sei;
Und sucht, in dem Gewühl der körperlichen Triebe,

Den Tod des Vorurteils von Tugend und von Liebe.
Zuletzt verhärtete mich Wollust, Stolz und Zeit;
Ich glaubte mich geschützt vor aller Zärtlichkeit.
Stolz kehrt ich zu Sophien. Wie schön war sie geworden!
Ich stützte. Ha, ihr Mann ist doch vom großen Orden
Schon lange Ritter! Doch sie hat der Freunde mehr!
Es sei drum, wenn du kömmst, so macht sie's dir nicht schwer.
Ihr Sperren rührt mich nur, daß ich die Nase rümpfe!
Gnug das gewohnte Spiel vom Faun und von der Nymphe.
So dacht ich. Sah sie oft. Allein, da fühlt ich was.
Ihr lüderlichen Herrn, so sagt mir, was ist das,
Das hier mich immer schilt, hier immer für sie redet,
Mir alle Kühnheit raubt und jeden Anschlag tötet.
Sie nennt mich ihren Freund, eröffnet mir ihr Herz,
Ich schwur die Freundschaft ab, doch teil ich ihren Schmerz.
Sie schwört, sie habe mich als alle Menschen lieber;
Ha! denk ich, Lieb ist Tand, und freu mich doch darüber.
Sie liebt mich und verläßt doch ihre Tugend nie;
Die Tugend glaub ich nicht, und doch verehr ich sie.
Heut hofft ich ziemlich viel und wagte nichts zu nehmen.
So bös! und doch so feig, ich muß mich wahrlich schämen.
Entweder nennet mich: Weib! Tückisch ohne Kraft!
Wo nicht, so bin ich noch nicht völlig lasterhaft.
Was ist's, was treibt dich an, ihr Leben zu versüßen?
Ist's Lieb? Ist's Eigennutz? Gedenkst du zu genießen
Und willst es kaufen? Nein! ich weiß, es fehlt ihr Geld,
Und sie vertraut mir's nicht, das ist's, was mir gefällt.

Ich sinne jetzo nur auf ein versteckt Geschenke.
Ich habe just noch Geld. Gut, daß ich gleich dran denke,
Ich muß es zählen.

Er öffnet die Schatulle.

Was! Was seh ich! Teufel! leer!
Von hundert Spezies nicht fünfundzwanzig mehr.
Seit heute nachmittag! Wer konnte sie entwenden?
Die Schlüssel kamen nicht die Zeit aus meinen Händen.
Wer war im Zimmer? Ha! Sophie! Gedanke fort!
Mein Diener, o der liegt an einem sichern Ort,
Er schläft. Gleich will ich hin, ihn eilig aufzuwecken,
Ein Dieb beim Überfall verrät sich leicht durchs Schröcken.

Siebenter Auftritt

Die Stube des Wirts.
Der Wirt im Schlafrocke, in einem Sessel, hinter einem Tische, worauf ein bald abgebrannt Licht, Koffeezeug, Pfeifen und die Zeitungen. Nach den ersten paar Zeilen steht er auf und zieht sich in diesem Auftritt und im Anfang des folgenden an.

DER WIRT.

Es steht mit Polen jetzt nicht eben allzu gut,
Man wird nun balde sehn, was noch der Türke tut.
Greift er's nur weislich an, so kann er nicht verlieren,
Und er ist Kerls genug, die Russen abzuführen.
Kömmt er nur erst in Schuß, da tobt er wie ein Bär.
Ich wüßte, was ich tät, wenn ich der Türke wär.
Ich zög vor Petersburg, und, ohne viel zu fragen,
Schickt ich den ganzen Hof ein bißchen Zobel jagen.
Hätt ich nur erst den Brief, da wär ich bald in Ruh.
Es ging wahrhaftig nicht mit rechten Dingen zu.
Es war mir heute früh, so zwischen drei und viere,
Als hört ich ein Geknarr, wie unsre Bodentüre,
Und meine Tochter ging auch schon in aller Früh,
Ganz leis und ohne Licht.

SOPHIE *hastig.*

Mein Vater, denken Sie!

DER WIRT.

So, hübsch geradezu, nicht einmal guten Morgen.

SOPHIE.

Verzeihen Sie, mein Kopf schwillt von ganz andern Sorgen.

DER WIRT.

Warum?

SOPHIE.

Alcestens Geld, das er erst kurz empfing,
Ist miteinander fort!

DER WIRT.

Fort! das verfluchte Ding,
Um 's Königs Pharao!

SOPHIE.

Nicht doch, es ist gestohlen.

DER WIRT.

Wie?

SOPHIE.

Ei, vom Zimmer weg.

DER WIRT.

Den soll der Henker holen,
Den Dieb! Wer ist's! Geschwind.

SOPHIE.

Wer's wüßte!

DER WIRT.

Hier im Haus?

SOPHIE.

Ja, von Alcestens Tisch, aus der Schatull heraus.

DER WIRT.

Und wann?

SOPHIE.

Heut nacht.

DER WIRT *vor sich.*

Das ist für meiner Neugier Sünden.
Die Schuld kömmt noch auf mich, er wird den Wachsstock finden,

SOPHIE *vor sich.*

Er ist bestürzt und murrt; hat er's wohl selbst getan?
Im Zimmer war er nun, der Wachsstock klagt ihn an.

DER WIRT *vor sich.*

Ich denk, ich denke fast, sie hat das Geld genommen.
Sie war's, vor der ich lief; ich will dahinterkommen.

Laut.

Das ist ein dummer Streich! Gib acht, er tut uns weh.
Wohlfeil und sicher sein ist unsre Renommee.

SOPHIE.

Wie's ihm ein Schaden ist, so ist's auch uns ein Schaden;
Es wird am Ende doch dem Gastwirt aufgeladen.

DER WIRT.

Ja, und es ist ein Ding, für das er gar nichts kann;
Ist Diebsgesind im Haus; wer ist's? Weiß er es dann?
Es ist ein arger Streich!

SOPHIE.

Er schlägt mich gänzlich nieder.

DER WIRT *vor sich.*

Ha! ha! es wird ihr bang!

Laut, etwas verdrüßlich.

Ich wollt, er hätt es wieder.
Ich gäb's ihm gern.

SOPHIE *für sich.*
Schon gut, die Reue kömmt ihm ein.

Laut.

Und wenn er's wiederhat, so mag der Täter sein,
Wer will. Man sagt's ihm nicht, und ihn bekümmert's weiter
Auch nicht.

DER WIRT *vor sich.*
Wenn sie's nicht hat, bin ich ein Bärenhäuter!

Laut.

Du bist ein gutes Kind! Und mein Vertraun zu dir!
Wart nur.

Er sieht nach der Türe.

SOPHIE *vor sich.*
Gebt acht, er kömmt und offenbart sich mir.

DER WIRT.

Ich kenne dich, Sophie, du bist kein Freund vom Lügen.

SOPHIE.

Eh hab ich aller Welt als Ihnen was verschwiegen,
Drum hoff ich, dieses Mal auch zu verdienen

DER WIRT.

Schön!
Du bist mein Kind; und was geschehn ist, ist geschehn.

SOPHIE.

Ich nehm sie strenger nicht die Tat, als Sie sie nehmen.

DER WIRT.

Es ist was Menschliches, man braucht sich nicht zu schämen.
Und niemand weiß es doch, daß du dich heute früh

SOPHIE *verlegen.*

Kein Mensch.

DER WIRT.

Eh, das ist gut.

SOPHIE.

Und niemand denkt an Sie.
Ich fand den Wachsstock.

DER WIRT.

Du?

SOPHIE.

Ich!

DER WIRT.

Schön, bei meinem Leben!
Nun sag, wie machen wir's, daß wir's ihm wiedergeben.

SOPHIE.

Das Beste, dächt ich, wär, Sie redeten ihn an
Und sagten: Herr Alcest, ich weiß, wer es getan.
Sie wissen selbst, wie leicht Gelegenheit verführet;
Doch kaum war es entwandt, so war er schon gerühret,
Bekannt' und gab es mir. Da haben Sie's. Verzeihn
Sie ihm. Gewiß, Alcest wird gern zufrieden sein.

DER WIRT.

So was zu fädeln, hast du eine seltne Gabe.

SOPHIE.

Ja, geben Sie's ihm so.

DER WIRT.

Gleich; wenn ich's nur erst habe.

SOPHIE *verwundernd.*

Sie haben's nicht?

DER WIRT.

Eh nein! Wo hätt ich es denn her?

SOPHIE.

Woher?

DER WIRT.

Nun ja, woher! Gabst du mir's denn?

SOPHIE.

Und wer
Hat's denn?

DER WIRT.

Wer's hat?

SOPHIE.

Jawohl, wenn Sie's nicht haben.

DER WIRT.

Possen!

SOPHIE.

Wo taten Sie's denn hin?

DER WIRT.

Ich glaub, du bist geschossen.
Hast du's denn nicht?

SOPHIE.

Ich?

DER WIRT.

Ja.

SOPHIE.

Wie käm ich denn dazu?

DER WIRT *macht ihr pantomimisch das Stehlen vor.*

Eh!

SOPHIE.

Ich versteh Sie nicht.

DER WIRT.

Wie unverschämt bist du.
Jetzt, da du's geben sollst, gedenkst du auszuweichen.
Du hast's ja erst bekannt. Ihr Herrn seid meine Zeugen.

SOPHIE.

Nein, das ist mir zu hoch! jetzt klagen Sie mich an;
Und sagten nur erst jetzt, Sie hätten's selbst getan.

DER WIRT.

Du Kröte! Ich's getan? Ist das die schuld'ge Liebe,
Die Ehrfurcht gegen mich! Du machst mich gar zum Diebe!
Da du die Diebin bist.

SOPHIE.

Mein Vater!

DER WIRT.

Warst du nicht
Heut früh im Zimmer?

SOPHIE.

Ja!

DER WIRT.

Und sagst mir ins Gesicht,
Du hättest nicht das Geld.

SOPHIE.

Beweist das gleich?

DER WIRT.

Ja!

SOPHIE.

Waren
Sie denn nicht auch, heut früh

DER WIRT.

Ich krieg dich bei den Haaren,
Wenn du nicht schweigst und gehst.

Sophie geht weinend

DER WIRT.

Du treibst den Spaß zu weit.
Nichtswürd'ge! Sie ist fort! Es war ihr hohe Zeit.
Vielleicht bildt sie sich ein, mit Leugnen durchzukommen.
Das Geld ist einmal fort, und gnug, sie hat's genommen.

Achter Auftritt

Alcest in Gedanken. Der Wirt.

DER WIRT *verlegen und bittend.*

Ich bin recht sehr bestürzt, daß ich erfahren muß
Ich sehe, gnäd'ger Herr, Sie sind noch voll Verdruß.
Doch bitt ich, vorderhand es gnädigst zu verschweigen,
Es wird sich wohl ein Weg zum Wiederkommen zeigen.
Kommt's einmal in die Stadt, da freun die Neider sich,
Und ihre Bosheit schiebt wohl gar die Schuld auf mich.
Es kann kein Fremdes sein, ein Hausdieb hat's genommen.
Sein Sie nur nicht erzürnt, es wird schon wiederkommen.
Wie hoch beläuft sich's denn?

ALCEST.

Auf achtzig Taler!

DER WIRT.

Ei!

ALCEST.

Doch achtzig Taler

DER WIRT.

Pest! sind keine Kinderei.

ALCEST.

Und dennoch wollt ich sie vergessen und entbehren,
Wüßt ich, von wem sie mir, wie sie entwendet wären.

DER WIRT.

Wenn man das Geld nur hat, da fragt man nicht einmal,
Ob's Michel oder Hans und wann und wie er's stahl.

ALCEST *vor sich.*

Mein Diener hat es nicht, er ist kein Mensch zum Rauben.
Und in dem Zimmer war Nein, nein, ich mag's nicht glauben.

DER WIRT.

Sie brechen sich den Kopf, es ist vergebne Müh.
Genug, ich schaff das Geld.

ALCEST.

Mein Geld?

DER WIRT.

Ja, wetten Sie?
Genug, schaff ich sie nicht, die achtzig bare Taler,
So nennet mich Pick As, Mann von Papier, Hans Prahler.

ALCEST.

Sie wissen also

DER WIRT.

Hum! Ich bring's heraus, das Geld.

ALCEST.

Ei, sagen Sie mir's doch!

DER WIRT.

Nicht um die ganze Welt.

ALCEST.

Wer nahm's? Ich bitte Sie.

DER WIRT.

Ich sag, ich darf's nicht sagen.

ALCEST.

Doch jemand aus dem Haus?

DER WIRT.

Sie werden's nicht erfragen.

ALCEST.

Vielleicht die junge Magd?

DER WIRT.

Die gute Hanne? Nein.

ALCEST.

Der Kieper hat's doch nicht

?

DER WIRT.

Der Kieper, das kann sein.

ALCEST.

Die Köchin ist zu dumm.

DER WIRT.

Ich wollte nicht drauf schwören.

ALCEST.

Der Küchenjunge Hans?

DER WIRT.

Ja, ja, das läßt sich hören.

ALCEST.

Der Gärtner könnte wohl –

DER WIRT.

Bald, balde sind Sie da.

ALCEST.

Der Sohn des Gärtners?

DER WIRT.

Nein!

ALCEST.

Vielleicht

DER WIRT.

Der Haushund? Ja!

ALCEST *vor sich.*

Wart nur, du dummer Kerl, ich weiß dich schon zu kriegen.

Laut.

So hab es denn, wer will, daran kann wenig liegen,
Wenn's wiederkömmt.

Er tut, als ging' er weg.

DER WIRT.

Jawohl.

ALCEST *als wenn ihm was einfiele.*

Herr Wirt, mein Dintenfaß
Ist leer; und dieser Brief verlangt expreß

DER WIRT.

Ei was!
Erst gestern kam er an, und heute schon zu schreiben!
Es muß was Wichtigs sein!

ALCEST.

Es darf nicht liegenbleiben.

DER WIRT.

Es ist ein großes Glück, wenn man korrespondiert.

ALCEST.

Nicht eben allemal; die Zeit, die man verliert,
Wird uns nicht stets ersetzt.

DER WIRT.

Eh, das geht wie im Spiele.
Da kömmt einmal ein Brief und tröstet uns für viele.
Verzeihn Sie, gnäd'ger Herr, der gestrige enthält
Viel Wichtigs? Dürft ich wohl!

ALCEST.

Nicht um die ganze Welt.

DER WIRT.

Vielleicht von Norden her?

ALCEST.

Ich sag, ich darf's nicht sagen.

DER WIRT.

Aus Polen, denk ich wohl!

ALCEST.

Sie werden's nicht ertragen.

DER WIRT.

Vielleicht vom Könige.

ALCEST.

Vom armen König? Nein!

DER WIRT.

Gewiß vom Türkenmarsch.

ALCEST.

Vom Türken! Das kann sein.

DER WIRT.

Doch nicht vom Paoli.

ALCEST.

Ich wollte nicht drauf schwören.

DER WIRT.

Vom Prinz von Travental.

ALCEST.

Nun ja, das läßt sich hören.

DER WIRT.

Vom heil'gen Vater Papst.

ALCEST.

Bald, balde sind Sie da.

DER WIRT.

Ein neuer Brief an ihn?

ALCEST.

Vom großen Mogol! Ja!

DER WIRT.

Sie scheinen gar nicht viel auf Ihren Knecht zu bauen.

ALCEST.

Wer selbst mißtrauisch ist, verdienet kein Vertrauen.

DER WIRT.

Und was verlangen Sie für ein Vertraun von mir?

ALCEST.

Wer ist der Dieb? Mein Brief steht gleich zu Diensten. Hier!
Sehr billig ist der Tausch, wozu ich mich erbiete!
Nun, wollen Sie den Brief?

DER WIRT *konfundiert und begierig.*

Ach! allzu viele Güte.

Vor sich.

Wär's nur nicht eben das, was er von mir begehrt.

ALCEST.

Sie sehen doch, der Dienst ist wohl den andern wert.
Und ich verrate nichts; ich schwör bei meiner Ehre.

DER WIRT *halb entschl[ossen].*

Wenn nur der Brief nicht gar zu appetitlich wäre.
Allein, wie, wenn Sophie Ei gut, das mag sie sehn.
Die Reizung ist zu groß; kein Mensch kann widerstehn.
Er wässert mir das Maul wie ein gebeizter Hase.

ALCEST.

So stach kein Schinken je dem Windhund in die Nase.

DER WIRT *beschämt, nachgebend und noch zaudernd.*

Sie wollen's, gnäd'ger Herr, und Ihre Gütigkeit

ALCEST.

Jetzt beißt er an.

DER WIRT.

Zwingt mich auch zur Vertraulichkeit.

Zweifelnd und halb bittend.

Versprechen Sie, soll ich auch gleich den Brief bekommen?

ALCEST *reicht den Brief hin.*

Den Augenblick.

DER WIRT *der sich langsam dem Alcest, mit unverwandten Augen auf den Brief, nähert.*

Der Dieb

ALCEST.

Der Dieb?

DER WIRT.

Der's weggenommen

Ist

ALCEST.

Nur heraus!

DER WIRT.

Ist mei

ALCEST.

Nun!

DER WIRT *mit einem herzhaften Tone und fährt zugleich zu und reißt Alcesten den Brief aus der Hand.*

Meine Tochter!

ALCEST *erstaunt.*

Wie!

DER WIRT *läuft hervor an die Lichter, reißt für geschwindem Aufmachen das Kuvert in Stücken und fängt an zu lesen.*

»Hochwohlgeborner Herr!«

ALCEST *geht auf den Wirt los und kriegt ihn bei der Schulter, der seine Unzufriedenheit über dieses Stören bezeigt.*

Sie war's! Nein, sagen Sie
Die Wahrheit.

DER WIRT *ungeduldig.*

Ja, sie ist's. So lassen Sie mich lesen.

Er liest.

»Insonders«

ALCEST *wie oben.*

Nein, es kann nicht sein, daß sie's gewesen.

DER WIRT *reißt sich los und fährt, ohne ihm zu antworten, fort.*

»Hochzuverehrender«

ALCEST *wie oben.*

Ich bin ganz stumm davon!

DER WIRT *wie oben.*

Ich wollt, er wär es. »Herr«

ALCEST *wie oben.*

So hören Sie!

DER WIRT *wie oben.*

»Patron« –

ALCEST.

Sie sind ein dummer Kerl!

DER WIRT.

Von Herzen gern.

ALCEST.

Sie taugen
Zu nichts!

DER WIRT.

Ja, gnäd'ger Herr.

ALCEST.

Ich will es schon gebrauchen.

Neunter Auftritt

DER WIRT *liest und spricht dazwischen.*

»Und Gönner!« Ist er fort? »Die viele Gütigkeit,
Die mir schon manchen Fehl verziehen hat, verzeiht
Mir, hoff ich, diesmal auch.« Was gibt's denn zu verzeihen?
»Ich weiß es, gnäd'ger Herr, daß Sie sich mit mir freuen.«
Schon gut! »Der Himmel hat mir heut ein Glück geschenkt,
Das jeden Bauern freut und manchen Reichen kränkt,
Er hat vom sechsten Sohn mein liebes Weib entbunden.«
Ich bin des Tods! »Ganz früh hat er sich eingefunden,
Der Knab.« Der Balg! Der!Oh! ersäuft, erdrosselt ihn.
»Nun macht Ihr gütig Herz mich armen Mann so kühn«
Ach, ich ersticke fast! »Und bitte Ihro Gnaden«
An Galgen mit dem Hund, den Schindersknecht zum Paten.
Wie heißt er denn, der Kerl, mit seiner Hecke da?
»Franz«! Ah, nun kommt Latein; »Can Candidatus«, ja!
Ein Kandidat, o ja, die sind sonst wohl bei Blute!
»Theologiae. Und«, wie! »Pachter auf dem Gute«.
Wart nur, das geht dir nicht so ungenossen aus,
Alcest! Ich will dich schon! Du sollst mir aus dem Haus.
Mich, einen alten Mann, so schändlich anzuführen!
Wie möcht ich ihm an Hals! Ich ließ ihn gern zitieren.
Doch meine Tochter! Oh! das Henkersding geht schief!
Und ich verrate sie um den Gevatternbrief.

Er faßt sich in die Perücke.

Schweinsaug'ger Ochsenkopf! mit wahren Eselsohren.
Der Brief, das Geld, der Streich! Ich bin als wie verloren,
So dumm! So voll Begier nach Rach und Prüglen. Ha!

Er erwischt einen Stock und läuft auf dem Theater herum.

Ist denn kein Buckel nicht für deinen Hunger da?
O wär ich doch ein Wind mit ein paar hundert Flügeln,
Ich möcht die ganze Welt, Sonn, Mond und Sterne prügeln.
Ich sterbe, wenn ich nicht! Zerbräch nur eins ein Glas,
So hätt ich doch Raison. Beging' der Jung nur was.

Er stößt auf einen Sessel und prügelt ihn aus.

Was bist du staubigt! Nu, komm her, du sollst mich laben!
Alcest, o möcht ich doch so deinen Buckel haben!

Zehnter Auftritt

Der Wirt schlägt immer zu, Söller kömmt ganz in der ersten Kulisse heraus und erschrickt; er ist im Domino, die Maske auf den Arm gebunden, und hat ein kleines Räuschchen.

SÖLLER.

Was gibt's! Was! ist er toll! Nun sei auf deiner Hut;
Sonst wirst du gar vielleicht des Sessels Substitut.
Was für ein böser Geist mag doch den Alten plagen?

Zum Parterre.

Wer Herz von Ihnen hat, der komm herauf und frag'en.

DER WIRT *ohne Söllern zu sehen.*

Ich kann nicht mehr! O weh! Es schmerzt mich Rück' und Arm!

Er wirft sich in den geprügelten Sessel.

Ich schwitz am ganzen Leib.

SÖLLER *für sich.*

Ei wohl, Motion macht warm.

Er zeigt sich dem Wirt.

Herr Vater!

DER WIRT.

Ah Mosje! Er lebt die Nacht beim Sause.
Ich quäl mich Tag und Nacht und Er läuft aus dem Hause.
Da trägt der Fasnachtsnarr zum Tanz und Spiel sein Geld
Und lacht, wenn hier im Haus der Teufel Fasnacht hält.

SÖLLER.

So aufgebracht.

DER WIRT.

O wart! ich will mich nicht mehr quälen.

SÖLLER.

Was gab's?

DER WIRT *zornig.*

Alcest! Sophie! Soll ich's Ihm noch erzählen!

SÖLLER.

Nein! Nein!

DER WIRT.

Wärt Ihr geholt, so hätt ich endlich Ruh!
Und der verdammte Kerl, der Kandidat, dazu.

Eilfter Auftritt

SÖLLER *mit Angst und Karikatur vor Furcht.*

Was gab's! Weh dir! Vielleicht in wenig Augenblicken!
Gib deine Stirne preis, parier nur deinen Rücken.
Vielleicht ist's raus! O weh! Ach, wüßt' ihr, wie mir's graust.
Es wird mir siedend heiß! So war's dem Doktor Faust
Nicht halb zumut; nicht halb war's so Richard dem Dritten!
Höll da! Der Galgen da! Der Hahnrei in der Mitten!

Er läuft wie unsinnig herum, endlich besinnt er sich.

O Memme, Bösewicht, den jede Larve schröckt!
Pfeif, Spitzmaus! Männchen, pfeif, daß man dich recht entdeckt.
Vielleicht ist's nicht so schlimm! Ich will es schon erfahren!

Er erblickt Alcesten und läuft fort.

O weh! er ist's! er ist's! Er faßt mich bei den Haaren.

Zwölfter Auftritt

ALCEST.

Solch einen schweren Streit empfand dies Herz noch nie.
Das seltene Geschöpf, in dem die Phantasie
Des zärtlichen Alcests das Bild der Tugend ehrte;
Die ihn den höchsten Grad der süßten Liebe lehrte;
Ihm Gottheit, Mädchen, Freund, in allem alles war,
Jetzt so herabgesetzt! Es überläuft mich! Zwar
Verlacht Erfahrung jetzt die Hoheit der Ideen
Und läßt sie als ein Weib bei andern Weibern stehen.
Allein so tief, so tief. Das treibt zur Raserei!
Mein widerspenstig Herz steht ihr noch immer bei.
Wie klein! Kannst du denn das nicht über dich vermögen?
Ergreif nur seine Hand! Es kömmt dir ja entgegen,
Das Glück. Die schöne Frau, die du begierig liebst,
Braucht Geld! Geschwind, Alcest, der Pfennig, den du gibst,
Trägt seinen Taler. Nun hat sie sich's selbst genommen;
Schon gut; da mag sie noch einmal mit Tugend kommen.
Geh wie ein Débauché, und sag mit kaltem Blut:
Madam, Sie haben doch das Geld genommen? Gut.
Es ist mir herzlich lieb, nur ohne Furcht bedienen
Sie sich des wenigen; was mein ist, ist auch Ihnen.
Dann den vertrauten Ton, von halbem Mann und Frau!
Und selbst die Tugend nimmt nicht alles so genau,

Wenn man hübsch sachte geht. Weit eher wird sie weichen.
Sie kommt! Du bist bestürzt; das ist ein schlimmes Zeichen.
Alcest, du schickst dich nicht zur Bosheit, zum Betrug,
Dein Herz ist übrig bös, allein nicht stark genug.

Dreizehnter Auftritt

Alcest. Sophie.

SOPHIE.

Was machen Sie, Alcest? Sie scheinen mich zu fliehen.
Hat denn die Einsamkeit so viel, Sie anzuziehen?

ALCEST *munter.*

Für diesmal weiß ich nichts, was mich Besondres zog.
Wer kennt auch stets den Grund von einem Monolog?

SOPHIE.

Zwar der Verlust ist groß und kann Sie billig schmerzen.

ALCEST.

Was billig! Was Verlust! Das liegt mir nicht am Herzen.
Ich bin ja reich, was ist's denn um das bißchen Geld.
Laßt's fallen! Wenn es nur in gute Hände fällt.

SOPHIE.

Die große Gütigkeit wird gerne zum Verschwenden.

ALCEST.

Oh, ein Verschwender weiß sein Geld auch anzuwenden.

SOPHIE.

Wie soll ich das verstehn?

ALCEST *lachend.*

Das?

SOPHIE.

Ja, wie paßt das hier?

ALCEST.

Sie kennen mich, Sophie, sein Sie vertraut mit mir.
Das Geld ist einmal fort, wo's liegt, da mag es liegen.
Hätt ich's nur eh gewußt, ich hätte stillgeschwiegen.
Da sich die Sache so verhält

SOPHIE *erstaunt.*

So wissen Sie?

ALCEST *mit Zärtlichkeit, er ergreift ihre Hand und küßt sie.*

Ihr Vater Ja, ich weiß's, geliebteste Sophie!

SOPHIE *mit Verwundrung.*

Und Sie verzeihn?

ALCEST *wie oben.*

Verzeihn! ist es denn ein Verbrechen?

SOPHIE.

Mich dünkt.

ALCEST.

Erlauben Sie, daß wir vertraulich sprechen.
Du weißt es, daß Alcest noch immer für dich brennt.
Das Glück entriß dich mir und hat uns nicht getrennt.
Dein Herz ist immer mein, meins immer dein geblieben.
Mein Geld ist alles dein, so gut als wie verschrieben.
Du hast ein gleiches Recht an all mein Gut wie ich.
Nimm alles, was du willst, Sophie, nur liebe mich.

Sophie schweigt.

Befiehl; du findest mich zu allem gleich erbötig.

SOPHIE *stolz, indem sie sich von ihm losreißt.*

Respekt vor Ihrem Geld, allein ich hab's nicht nötig.
Was ist das für ein Ton? Ich weiß nicht, faß ich's recht?
Ha, Sie verkennen mich!

ALCEST *spottend.*

Oh! Ihr ergebner Knecht
Kennt Sie nur gar zu wohl und weiß, weil er Sie kennet,
Gar nicht, Madam, warum Ihr Zorn so heftig brennet.
Wer sich so weit vergeht!

SOPHIE *erstaunt.*

Vergeht! Wie das?

ALCEST.

Madam!

SOPHIE *aufgebracht.*

Was soll das heißen, Herr!

ALCEST.

Verzeihn Sie meiner Scham.
Ich liebe Sie zu sehr, um es herauszusagen.

SOPHIE *mit Zorn.*

Alcest!

ALCEST.

Belieben Sie nur den Papa zu fragen;
Der sagte mir es.

SOPHIE *mit einem Ausbruch von Heftigkeit, mit Wut und Tränen.*

Was! Ich will es wissen! Was?
Der Teufel! Wollen Sie!

ALCEST.

Er sagte, daß Sie das

SOPHIE.

Geschwind.

ALCEST.

Eh nun, daß Sie daß Sie das Geld genommen.

SOPHIE *mit Schmerz und Wut, indem sie sich wegwendet.*

Er darf? Ist es so weit mit seiner Bosheit kommen!

ALCEST *bittend.*

Sophie!

SOPHIE *weggewandt.*

Sie sind nicht wert.

ALCEST *wie oben.*

Sophie!

SOPHIE.

Mir vom Gesicht.

ALCEST.

Verzeihn Sie!

SOPHIE.

Weg von mir! Nein, ich verzeih es nicht.
Mein Vater scheut sich nicht, mir meinen Ruf zu rauben.
Und Sie, Alcest, und Sie! Sie konnten's würklich glauben?
Mein Vater, wissen Sie's, mein Vater hat's getan.
Nicht seine Tochter, nein die Bosheit klagt ihn an.

Eilig ab.

Vierzehnter Auftritt

Alcest, hernach Söller.

ALCEST *wirft sich in Sessel.*

Nun, Herr Alcest, wie steht's! nun wärst du ziemlich klüger!
Der Vater und Sophie! Und eins ist der Betrüger.
Doch sind sie beide sonst beständig, treu und rein!
Ha! Söller! Dieser Kerl! Doch nein, es kann nicht sein!
Er war die ganze Nacht nicht hier im Haus. Vor allen
Wär mir der dumme Kerl verdächtig eingefallen.
Er ist am fähigsten zu Bosheit, Trug und List;
Allein, ich glaube kaum, daß er der Täter ist.

SÖLLER *in gewöhnlicher Kleidung, mit einer Weinlaune.*

Da ist er! Uh! Mir ist kein Mensch verhaßt wie dieser!
Es steht ihm an der Stirn: Hirschapotheksproviser.

ALCEST *im Sessel gleichgültig munter, vor sich.*

Da kommt er eben recht. Wie steht's, Herr Söller?

SÖLLER.

Dumm!
Es geht mir die Musik noch so im Kopf herum.

Er reibt sich die Stirne.

Er tut mir greulich weh.

ALCEST.

Sie waren auf dem Balle!
Viel Dames da?

SÖLLER.

Wie sonst! Die Maus läuft zu der Falle,
Weil Speck dran ist.

ALCEST.

Ging's brav?

SÖLLER.

Gar sehr!

ALCEST.

Was tanzten Sie?

SÖLLER.

Ich hab nur zugesehn!

Zum Parterre.

Den Tanz von heute früh.

ALCEST.

Herr Söller, nicht getanzt! ei, das ist zu verwundern,
Da blieb' ich lieber weg.

SÖLLER.

Ich wollte mich ermuntern.

ALCEST.

Und ging es nicht?

SÖLLER.

Eh nein! Im Kopfe drückt' es mich
Gewaltig, und da war mir's gar nicht tänzerlich.

ALCEST.

Ei!

SÖLLER.

Und das schlimmste war, ich konnte gar nicht wehren.
Je mehr ich hört und sah, verging mir Sehn und Hören.

ALCEST.

So schlimm! Das ist mir leid. Das Übel kömmt geschwind.

SÖLLER.

O nein, ich hab es schon seitdem Sie bei uns sind,
Und länger.

ALCEST.

Sonderbar.

SÖLLER.

Und ist nicht zu vertreiben.

ALCEST.

Ei, laß Er sich den Kopf mit warmen Tüchern reiben;
Vielleicht verzieht es sich!

SÖLLER *vor sich.*

Ich glaub, er spottet noch.

Laut.

Ja, das geht nicht so leicht.

ALCEST.

Am Ende gibt sich's doch.
Und sieht Er, es ist Ihm zur wahren Strafe kommen,
Er hat die arme Frau nicht einmal mitgenommen,
Wenn Er zum Balle ging! Und das ist doch nicht fein,
Er läßt der jungen Frau das kalte Bett allein.

SÖLLER.

O Herr, sie plagt mich gnug. Doch man ist's nicht imstande,
Da würde Herkules zum Schelmen hierzulande.
Und sie hat's nicht so schlimm; denn wer das Naschen liebt,
Der merkt sich ohne Wink, wo's was zum besten gibt.

ALCEST *pikiert.*

Wie so verblümt.

SÖLLER.

Es ist ganz deutlich, was ich meine.
Exempli gratia! Des alten Vaters Weine
Trink ich recht gern, allein, er rückt nicht gern heraus.
Er schont das Seinige; da trink ich außerm Haus.

ALCEST *mit Ahndung.*

Mein Herr, bedenken Sie!

SÖLLER *mit Hohn.*

Herr! Freund von Frauenzimmern!
Sie ist nun meine Frau, und kann Sie nichts bekümmern,
Und wenn sie noch ihr Mann für sonst was anders hält.

ALCEST *mit zurückgehaltnem Zorn.*

Was Mann! Mann oder nicht; ich trutz der ganzen Welt!
Und unterstehn Sie sich noch einmal, was zu sagen!

SÖLLER *geschreckt, vor sich.*

O schön, ich soll ihn wohl noch gar am Ende fragen,
Wie tugendhaft sie ist.

Laut.

Mein Herd bleibt doch mein Herd!
Pest jedem fremden Koch!

ALCEST *mit Verachtung.*

Er ist der Frau nicht wert.
So schön, so tugendhaft, so vielen Reiz der Seele,
Soviel Ihm zugebracht! Es ist nichts, was ihr fehle.

SÖLLER.

Sie hat, ich hab's gemerkt, besondern Reiz im Blut.
Und auch der Kopfschmuck war ein zugebrachtes Gut.
Ich war prädestiniert zu einem solchen Weibe,
Und zwar zum Hahnrei schon gekrönt in Mutterleibe.

ALCEST *herausbrechend.*

Herr Söller!

SÖLLER.

Soll er was?

ALCEST *zurückhaltend.*

Ich sag Ihm, sei Er still.

SÖLLER.

Ich will doch sehn, wer mir das Maul verbieten will!

ALCEST *grimmig.*

Hätt ich Ihn anderswo, ich wies' Ihm, wer es wäre.

SÖLLER *trocken.*

Der beste Champion für meines Weibes Ehre.

ALCEST *wie oben.*

Gewiß!

SÖLLER.

Es weiß kein Mensch so gut, wie weit sie geht.

ALCEST *vor sich.*

Verbeiß!

SÖLLER.

O Herr Alcest, wir wissen ja, wie's steht.
Nur still, ein bißchen still! wir wollen uns vergleichen.
Und da versteht sich's schon. Die Herren Ihresgleichen,
Die schneiden meist für sich das ganze Kornfeld um
Und lassen dann dem Mann das Spizilegium.

ALCEST.

Mein Herr, ich wundre mich, daß Sie sich unterfangen!

SÖLLER.

Oh, mir sind auch gar oft die Augen übergangen;
Und täglich ist mir's noch, als röch ich Zwiefeln.

ALCEST *zornig und entschlossen.*

Wie?
Mein Herr, nun geht's zu weit. Heraus! Was wollen Sie.
Was, glauben Sie, vermag Sophiens Ehr zu rauben!

SÖLLER *in gleichem Ton.*

Eh, Herre, was man sieht, das geht noch übers Glauben.

ALCEST *wie oben.*

Wie, sieht! Wie nehmen Sie das Sehen!

SÖLLER *wie oben.*

Wie man's nimmt.
Vom Hören und vom Sehn.

ALCEST *zusammenfahrend, wie über einen Gedanken.*

Ha!

SÖLLER.

Nur nicht so ergrimmt!

ALCEST *mit dem entschlossensten Zorne.*

Was haben Sie gehört! Was haben Sie gesehen!

SÖLLER *erschrocken, will sich wegbegeben.*

Erlauben Sie, mein Herr!

ALCEST *ihn zurückhaltend.*

Wohin!

SÖLLER.

Beiseit zu gehen.

ALCEST *wie oben.*

Sie kommen hier nicht los.

SÖLLER *vor sich.*

Ob ihn ein Teufel plagt.

ALCEST *wie oben.*

Was hörten Sie?

SÖLLER.

Ich? Nichts! Man hat mir's nur gesagt.

ALCEST *dringend zornig.*

Wer war der Mann?

SÖLLER.

Der Mann, der war ein Mann

ALCEST *heftiger und auf ihn losgehend.*

Geschwinde.

SÖLLER *mit Angst.*

Der's selbst mit Augen sah!

Herzhafter.

Ich rufe dem Gesinde!

ALCEST *kriegt ihn beim Kragen.*

Wer war's?

SÖLLER *mit dem Auffahren eines zu sehr Bedrückten und will sich losreißen.*

Was Hölle!

ALCEST *hält ihn fest und droht.*

Wer! Sie übertreiben mich.

Er zieht den Degen und hält Söllern feste.

Wer ist der Bösewicht, der Schelm, der Lügner?

SÖLLER *fällt für Angst um und aufs eine Knie.*

Ich!

ALCEST *in obiger Stellung.*

Ah!

SÖLLER.

Stecken Sie nur ein!

ALCEST.

Bekannt!

SÖLLER.

Uh! Gnade! Gnade!
Der Teufel könnte ja sein Spiel da haben!

ALCEST *wie oben.*

Schade
Wär's um den schönen Herrn! Nun, junger Herr!

SÖLLER.

Ich war
Heut nacht!

ALCEST *drohend.*

Doch auf dem Ball!

SÖLLER.

Aus guter Absicht zwar

ALCEST.

Auf die Schatulle. Hm! Auf meinem Zimmer! Raben
Und Dohlen wollt ich eh in meinem Hause haben
Als ihn. Pfui.

Er stößt ihn weg, entfernt sich und steckt den Degen ein.

SÖLLER *aufgestanden und herzhaft.*

Nehmen Sie's nur nicht so gar genau.
Ich stahl dem Herrn sein Geld und er mir meine Frau.

ALCEST *drohend.*

Was stahl ich.

SÖLLER.

Nichts, mein Herr, es war schon längst Ihr eigen.
Noch eh es meine war.

ALCEST.

Soll!

SÖLLER.

Da muß ich wohl schweigen.

ALCEST.

An Galgen mit dem Dieb!

SÖLLER.

Da fällt mir etwas ein!
Sie gehn par compagnie mit auf den Rabenstein.

ALCEST.

Herr Söller!

SÖLLER.

Das Gesetz hilft auch euch Herrn vom Brote.

Er macht ein Zeichen des Köpfens.

ALCEST.

Oh, übers alte Zeug, in praxi ist's nicht Mode.
Gehangen werden Sie, zum wenigsten gestäupt!

SÖLLER *zeigt die Stirne.*

Gebrandmarkt bin ich schon.

Funfzehenter Auftritt

Alcest. Söller. Sophie. Der Wirt.

SOPHIE *im Fond.*

Mein harter Vater bleibt
Bei dem verhaßten Ton.

DER WIRT *im Fond.*

Das Mädchen will nicht weichen.

SOPHIE.

Da ist Alcest!

DER WIRT *erblickt Alcesten.*

Aha!

SOPHIE.

Es muß, es muß sich zeigen.

DER WIRT *zum Alcest.*

Mein Herr! Sie ist der Dieb.

SOPHIE *auf der andern Seite.*

Er ist der Dieb, mein Herr!

ALCEST *sieht sie beide lachend an, dann sagt er, in dem Tone wie sie, auf Söllern deutend.*

Der ist der Dieb.

SÖLLER *vor sich.*

Nun, Haut, nun halt dich feste.

DER WIRT UND SOPHIE.

Er!

ALCEST.

Sie haben's beide nicht. Er hat's.

DER WIRT.

Schlagt einen Nagel
Ihm durch den Kopf, aufs Rad!

SOPHIE.

Du!

SÖLLER.

Uh! ein neuer Hagel!

DER WIRT.

Ich möchte dich

ALCEST.

Mein Herr! Ich bitte nur Geduld!
All wart ihr im Verdacht, und ihr habt alle schuld.
Sophie besuchte mich, der Schritt war wohl verwegen,
Doch ihre Tugend darf's.

Zu Söllern.

Sie waren ja zugegen.
Es war uns unbewußt. Still war's und Mitternacht.
Die Tugend!

SÖLLER.

Ja, sie hat mir ziemlich warm gemacht.

ALCEST *zum Wirt.*

Und Sie?

DER WIRT.

Ja, Herr Alcest, und ich war auch gekommen!
Und der verwünschte Brief! Ich war so eingenommen.
Ich dacht, es schrieb ein Prinz, ein polnischer Magnat.
Und aus dem Prinzen ward ein Pachter Kandidat.

ALCEST.

Verzeihen Sie den Scherz. Und Sie, Sophie, vergeben
Mir auch!

SOPHIE.

Wie gern.

ALCEST.

Ich zweifl' in meinem Leben
An Ihrer Tugend nie. Verzeihn Sie jenen Schritt,
So groß wie tugendhaft.

SÖLLER.

Fast glaub ich's selbsten mit.

ALCEST.

Und Sie verzeihen doch auch unserm Söller!

SOPHIE.

Gerne.

Sie gibt ihm die Hand.

Da!

ALCEST *zum Wirt.*

Allons.

DER WIRT *gibt ihm die Hand.*

Stiehl nicht mehr.

SÖLLER.

Die Länge bringt die Ferne.

ALCEST.

Herr Wirt, nimm Er das Geld und teilt es.

DER WIRT.

Wie!

ALCEST.

Ihr drei!
Herr Söller, hoff ich, wird hübsch höflich, still und treu.
Doch untersteht Er sich, noch einmal anzufangen,
So

Er zeigt ihm das Hängen.

SÖLLER.

Nein, das wär zuviel, ein Hahnrei und gehangen.